Light and Wind

光與風

S
H
E
N
G
Y
A

程晟亚

著

暨南大学出版社
JINAN UNIVERSITY PRESS

中国·广州

图书在版编目（CIP）数据

光与风/程晟亚著.—广州：暨南大学出版社，2020.5
ISBN 978－7－5668－2900－9

Ⅰ.①光…　Ⅱ.①程…　Ⅲ.①诗集—中国—当代
Ⅳ.①I227

中国版本图书馆 CIP 数据核字（2020）第 068156 号

光与风
GUANG YU FENG
著　者：程晟亚

....

出 版 人：张晋升
策划编辑：杜小陆
责任编辑：黄志波
责任校对：黄　球　冯月盈
责任印制：汤慧君　周一丹

出版发行：暨南大学出版社（510630）
电　　话：总编室（8620）85221601
　　　　　营销部（8620）85225284　85228291　85228292　85226712
传　　真：（8620）85221583（办公室）　85223774（营销部）
网　　址：http://www.jnupress.com
排　　版：广州良弓广告有限公司
印　　刷：广州市快美印务有限公司
开　　本：850mm×1168mm　1/32
印　　张：5.25
字　　数：105 千
版　　次：2020 年 5 月第 1 版
印　　次：2020 年 5 月第 1 次
定　　价：36.80 元

（暨大版图书如有印装质量问题，请与出版社总编室联系调换）

序 一 从诗歌中领悟幸福

青鸟是幸福的代表。人生之中，我们都在寻找幸福，如何才能实现属于自己的真正的幸福呢？虽然每个热爱诗歌的人有着不同的年龄和成长经历，但我们通过诗歌的启迪，追寻着自己的内心，最终收获了幸福，也实现了人生的梦想。

诗是什么呢？诗人马一浮先生说：诗其实就是人的生命，"如迷忽觉，如梦忽醒，如仆者之起，如病者之苏"。这是关于诗的高度概括。诗就是人性的苏醒，是离我们心灵本身最近的东西。如果仅仅从风花雪月、汉唐气象来读诗，是不够的，没有与自己的心灵相会。

诗歌对于我们的人生来说是充满意义的，可以说是这个世界上极廉价又极昂贵的情感载体。说它廉价是因为它的可及性；说它昂贵是因为一个人能够被诗歌打动，能够感受到诗歌之美，能够从中汲取成长的力量，这并不是一件容易的事。

祝贺作者从诗歌中找到了属于自己的幸福。我从中感受到一个年轻人对祖国、对亲人深切的爱，以及对自然、对生活真挚的思考，希望本书能将这种幸福分享给更多的人。

陈行甲

2020 年 3 月

（陈行甲，全国知名公益人，清华大学公共管理硕士，美国芝加哥大学访问学者，深圳恒晖儿童公益基金会创始人）

序 二 心灵的光照 青春的风采

春分时节，捧读程晟亚的诗集《光与风》，感到春光明媚、春风和煦、诗意盎然。

这是一本美观而精致的诗集，篇幅不长（6编，130首诗），然而，其鲜活的意象、沁脾的诗味、盎然的诗意，值得广大读者品评和鉴赏。

一、青春的短笛，博爱的旋律

读完《光与风》的全部诗歌，掩卷而思，给我印象最深的是，它短小精悍、内容丰富。所有的作品都在30行之内，最短的仅四五行。篇幅虽小，但容量大。从一定意义上讲，短诗比长诗难写，如同由简单的表述到复杂的言说难，由复杂的言说到简单的表述更难。然而，诗人却能驾轻就熟地将生活中司空见惯的事物和现象，经过精心诗化和情感过滤，给我们呈现出一幅幅清新简洁的画面。

请看开卷之作《爱情》：

你是清晨的第一缕光

沾着露水

湿了我的梦

我为你绽放了

花朵一般的爱情

一瓣是美丽，一瓣是羞涩

一瓣是欣喜，一瓣是酸楚

还有一瓣，那是落在我心中

深深的、无法言喻的忧伤

　　这是一首写得比较成功的小诗。诗人活用比喻，把爱情比作"清晨的第一缕光"，自己是这"第一缕光"照耀下"绽放"的花朵。继而由花朵联想到"花瓣"，用"花瓣"表现爱情中"爱"和"被爱"的不同感受。诗人在这首小诗中很好地运用了暗喻的修辞手法，使得抽象的概念变成了具体可感的事物，让我们在品读中得到直观和美的享受。

　　与《爱情》一样，第一编、第二编、第三编中的许多诗歌，诗人大多用短短数行、寥寥数语营造一个个充满炽热之爱和真挚之情的意境。它们或触景生情，情景相融，以物象诉说心中的感受，表达情感，如《想念是青春的花》《水月》等；或从具体的语境中展开想象，进而表达诗的旨意，如《很久没有写诗》《思念》等；或直抒胸臆，直奔主题，如《当我老了》《写在国庆前夕》《致母亲（组诗）》等。这一类诗读起来朗朗上口，意犹未尽，给人以简而明、清而爽的感受。字里行间洋溢着的青春活力，以形象为载体，借助想象的翅膀在读者的视野里、脑海中飞动，同时展现出一个广阔的想象空间。不难看出，这些小诗就是诗人手中的青春短笛，她用心用情、得心应手地吹奏出爱的旋律，悦耳动听又愉人性情，感人至深。诗人以无私的博爱为主线，艺术地串联起友爱、情爱、亲人之爱、家国之爱等一系列闪光的珠玑，令人目不暇接。这些爱的暖流早就在诗人的心田里、血管里流淌着，现在终于流出了笔端，变成一个个立在纸上的有血有肉的、充满生命力的文字，直击我们心灵最柔软的地方，并唤起强烈的感染和共鸣。

二、诗从生活来，情自肺腑出

诗，来源于生活，又高于生活。这个耳熟能详的话题，并没有因其由来已久而失去现实意义。真正经得起时间检验的诗歌，正是诗人在长期生活中深刻体验和思考的结果。只有对生活倾注了积极健康的思想感情和对生活知恩图报的有心人，才有可能写出具有浓郁的生活气息和强烈的时代特色的诗歌。

程晟亚不仅深谙诗的本质和来源，而且善于运用恰当的表达方式和技巧述说自己对生活的感知和感悟，以及对社会、人生的情感态度和理性认识。比如，在《生活的诗意》中，她这样写道：

> 生活的诗意
> 在一个轻柔的眼神
> 在一句隽永的话语
>
> 在白云，在清风，也在绿草
> 在微笑，在哭泣，也在沉思
> 在你我的生命

　　这是诗人从对生活细致的观察和深刻的体验中得出的感悟。"轻柔的眼神""隽永的话语"，还有"白云""清风""绿草"等，这些事物和现象，我们几乎每天都见过、听过、遇到过，但我们大多数人都有可能习以为常、视而不见、听而不闻，甚至无动于衷。只有怀着一颗对生活感恩的心，并具有对事物敏锐的感受力和见一叶而知秋的洞察力，才能于平凡中发掘不平凡，才能在平常并不怎么起眼的事物中发现其诗意和美感。诗人正是这样一位生活中的有心人，其可贵之处就在于能够从日常琐碎的生活小事和司空见惯的现象中发现别人所忽视的美的东西，并赋予其诗意。这样的诗歌读起来，我们开始也许会认为平淡无奇、波澜不惊，但最终却觉得，它是完完全全的"人间烟火"，充溢着满满的人情味和提炼过的生活的原汁原味，能引起我们心情的愉悦和心理上的满足，因为它来自生活，又高于生活。又如《致女儿》：

10 年了，时光如同流水

还记得你出生的那一日

天上下着小雨

记得你送我整盒的糖果

笑容好像一朵，盛开的向日葵

…………

亲爱的，我的孩子

这首诗送给你

让我慢慢地，读给你听，我不应该

在你生病时才温柔对你

诗人是一位年轻的母亲，因此，以母亲的身份写给女儿的诗更亲切、更动人。诗人在表达对女儿深深疼爱的同时，又流露出对女儿的丝丝歉疚之情，读来亲切自然又感人至深。以母亲的口吻写给女儿的诗很多，好诗也不少，这首诗没有华丽辞藻的堆砌和浓烈感情的渲染，而是用几个特写的镜头和画面凸显母亲对女儿无私的感情。

白居易说："诗者，根情，苗言，华声，实义。"我们看到，诗歌的旗帜上飘扬和闪烁着的永远是"抒情"二字。诗人不仅很懂得诗的内容和形式的辩证关系，更知道发自肺腑之情，对于诗歌表达的效果和影响是多么重要。

三、清而见爽，淡而有味

初读《光与风》，给我最突出、最深刻的印象也许就是它的短而精、小而巧。但当细细品味之后，我觉得短小精致中显现出清而见爽、淡而有味的特色。这一特色主要体现在前面说过的篇幅短小精致、内容完整，有的篇什还具有一定的思想张力和浓郁的诗味。诗人在遣词造句、营造意境和呈现画面时，都似乎在努力地删繁就简、摒弃渲染，也许这是诗人在创作中有意仿效和追求的风格。比如《水月》《我喜欢》《致阳光》《而你呢》等，大都在四行至六行之间。然而，这些"袖珍式"的小诗，犹如诗的百花园里一朵朵小巧玲珑、生气勃勃的奇葩，带给我们的是清丽、淡雅和爽快之感。这恰恰成就了《光与风》别样的诗味——冲和与淡泊，对读者而言，即在轻松愉快的阅读中，行云流水般穿行于短而精、小而巧、清而见爽、淡而有味的诗行之中，畅享诗的美妙意境。对诗人来讲，则完成了《光与风》所展现的心灵光照、青春风采的过程，并呈现了由此过程所能达到的结果。

歌德说："十全十美是上帝的尺度，而要达到十全十美的这种愿望，则是人类的尺度。"从这个意义上说，《光与风》的题材还应更广泛一些，意境还可以在新、奇、巧三方面上进一步下功夫，语言也还可以更加生动形象、灵动和含蓄。

瑕不掩瑜，程晟亚的《光与风》为诗歌的交响乐平添了一支小曲，而它动听、飘逸的音符将缭绕在爱好诗歌的人们的耳际。我殷切期待着诗人在诗歌创作的道路上继续努力，砥砺前行，奉献更多、更好、更美的诗篇。

刘雪庚

2020 年 3 月

（刘雪庚，诗人，作家，第十一届全国人大代表，中华诗词学会会员，广东省作家协会会员）

自　序　我为什么写诗

　　有人问我：你为什么要写诗？这很难回答，好像这就是一种本能。年轻的时候，内心有很多的爱慕无法对人言说，于是变成了诗。不那么年轻的时候，内心对人生有很多思索与感受，言语难以表述，于是也变成了诗。

　　人生最终的财富是什么？那就是美好的记忆。期待用这本小小的诗集，沧海中的一颗水滴，献给我的老师、朋友、亲人和所有热爱诗歌的人们。

　　文字是有生命有能量的，不知道是我在记录文字，还是文字想要借我之笔来表达。

　　就像特蕾莎修女所言：我只是上帝的一支笔。

　　而我，只是缪斯女神的一朵不起眼的小花。

程晟亚

2020 年 3 月

目　录/CONTENTS

第一编　无法停止的思念

第二编　永远为你歌唱

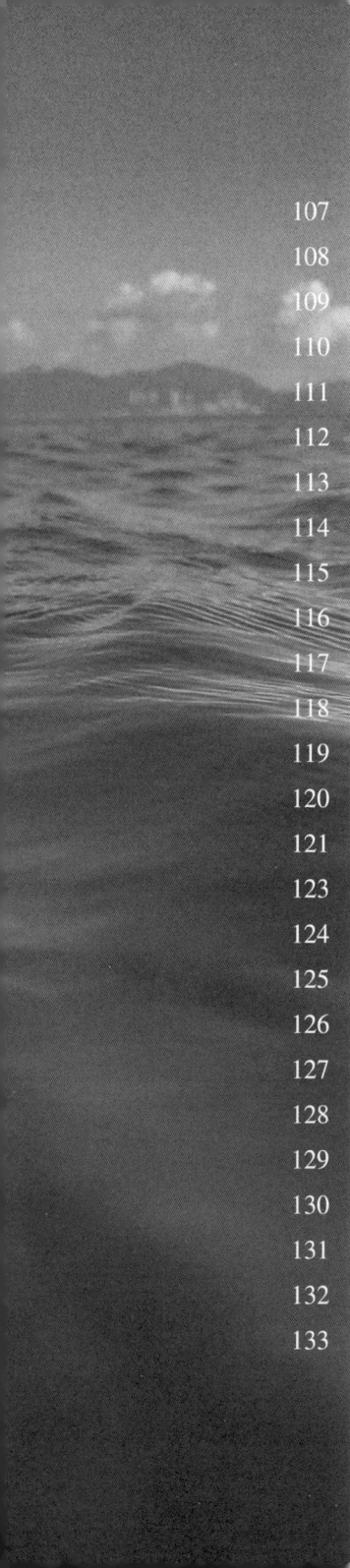

第六编　关于生活的思考

无法停止的思念

爱　情

你是清晨的第一缕光

沾着露水

湿了我的梦

我为你绽放了

花朵一般的爱情

一瓣是美丽，一瓣是羞涩

一瓣是欣喜，一瓣是酸楚

还有一瓣，那是落在我心中

深深的、无法言喻的忧伤

当我年轻的时候

当我年轻的时候

遇到一个人

爱上一个人

提醒着自己要对他温柔

因为人生短暂，而青春更短

切莫因任性而生悔恨

要好好地爱

好好地说话

好好地陪伴

哪怕是未来不得已

也要好好地说再见

让心里充满温暖、善意

这样，当我不年轻的时候

遇到他，心里就不会有遗憾

我不能停止思念

我不能停止思念
不能停止悲伤
不能停止倾诉

敏感的心啊，已不能承受更多的痛
羞耻隐秘而深重
我是浮海中的一棵草
是失去了声音的小鸟
是寒风中的一朵花
长在你经过的路旁
低头垂落了露珠

别问我

别问我：想不想你
你的名字，陪伴我的心跳、呼吸
别问我：爱不爱你
你的声音，左右我的命运、轨迹

窗外的雨都停了
只有那风在轻轻叹息
你听：轻轻的旋律

咖啡，淡淡的香气
夜晚，星星很美丽
玫瑰，盛开过为你

给 你

我想不起来
还有什么能够给你
除了爱，除了这不完美的身体
以及那些真挚而伤感的句子

青春剩小小的尾巴
我相信，你是我今生唯一所爱
也许失去，亦会成为永恒

记忆的深处
总是八月
饱满而温润的花朵
次第绽放，每一次都让人颤抖

当我们不再年轻
拥抱在一起的时候
世界静谧而安宁

我一无是处

我一无是处

在所爱之人面前

卑微得，如同秋天的一片落叶

而那颗爱人的心呵

却依然是清澈且纯粹

辛波斯卡

天边的那一颗流星

美得让人心醉

美得让人心碎

等　待

风儿吹来
花也开了
为爱我已神魂颠倒

话也说了
字也写了
而思念仍刻骨难销

好想念你的一个拥抱
哪怕一万个借口或理由
怎么说都好

傻傻地思念你
若爱能续命
哪怕片刻良宵

思念的感觉
每一个细胞都在叫嚣

需要你的拥抱

我不能控制
想要你的微笑
和你的烦恼

有爱的时光

生命中最珍贵的
是那些有爱的时光
也许，有一天
我们忘记了春天
忘记了诗句、音乐
甚至，忘记了名字
当我们忘记了，曾经拥有的一切
夜幕渐深，年华老去
我依然不会忘记
生命中，那些有爱的时光

致我的爱人（组诗）

一

爱人

如果有一天，我突然离去

你会不会哭泣

还是，静静地流一会儿泪

你会悲伤多久

亲爱的

对不起，我不是故意让你生气或难过

我会好好活着

万一

我只是说万一

亲爱的

在伤心过后你要很快地把我忘掉

因为这辈子你给的幸福

已经足够温暖我到来生

二

亲爱的
你的眼眸藏着星星
你的嘴唇藏着蜜糖
你的气息像森林一样
既清新热烈，又宁静安详
亲爱的
你叫我如何能够不爱你
你的容颜如同我的岁月
生命的深切记忆
在永恒的、遥远的、不能碰触的梦境
缱绻、依恋、不舍

三

听——海的声音
树的呼吸
柔情的手轻轻抚过
最古老的弦筝
世上一切最美妙的声音
也比不上你，温柔清澈的呼唤
世上最可爱的人啊
缕缕微风都是我对你思念的呢喃

愈是深爱，就愈是沉寂

我去过最远的地方

就是你的心里

穿越十亿光年，万千劫数

只为见你一眼

愈是深爱，就愈是沉寂

水波的温柔

有时候
我会陷入一个
遥远的梦境

在那里
水波轻柔
眼眸明亮

那是在记忆里面
触不到的温暖

喜 悦

我闭上双眼

化为山间的风、月旁的云

清晨的第一颗露珠

百灵鸟的第一首歌

我是思念，是纯净的

汇入河流的水

是比宁静更宁静的，淡淡的喜悦

想念是青春的花

想念是青春的花
记忆中的容颜
无忧无虑地开放

东湖的水，珞珈的山
好吃的鱼儿，甜的冰沙
还有我的少年，在青藤架下

你眼若晨星
对我微笑如花

低气压

低气压

连续的雨天

镜花水月的容颜

不得见

时光，更遥远

远在银河的那一边

拈花的迦叶

一笑之间

却跌落

这尘世，惹思念

青春叶

锦绣篇，波光潋

水　月

镜花水月
这尘世之间的思念

美丽的容颜、文字与语言
还有那光影、图画与琴弦

当我与你相遇
短暂或者永恒，亦无差别

很久没有写诗

很久，没有写诗
很久，忘了思念你

直到偶然有人
提起你的名字
好像是天边的一颗星星

美得让人心醉
美得让人心碎
我必须承认
连心碎也是美好的

今夜，且做个好梦
拥抱你，并且，纯真地微笑着

今 夜

今夜的月光明亮
有高大的树影
轻柔的风

人们回到家
亮起了灯火
像密密麻麻的星河

每个人都有一盏灯
我闭上眼睛想你
又做了一个好梦

琵琶曲

前世今尘宿缘

群山万里如烟

踏雪寻梅为你

一笑浅浅嫣然

那一日，辞群雄酒宴

宝剑封印

江湖归隐田园

愿携手与你

明月清风，弄月听泉

取明珠赠山雀

听琵琶于庭前

叹山间时光飞转

岁岁又年年

青云鬓化飞雪

沉默不语的人

沉默不语的人呵
皆因我爱你爱得真切、深重
将思念升华为音乐与诗歌

此时此刻
只想沉沉地睡去
因为，你在我的梦中

想念的感觉

想念的感觉，像必修课

每一天，每一秒，伴随着呼吸

在我生命里留下了

一道又一道，年轮般的痕迹

最好的距离，就是靠近你

不愿分离

用温柔的气息

倾注了一点一滴

最清澈的心意

寂寞的时候，我一个人听歌

吉他、钢琴、小提琴

无论是

悠扬的、悲伤的

梦幻的、热烈的

都好像是在对你诉说

情　诗

因为你
我从未长大
记忆永远在青春年少时
最美好的时光里

因为你
我不再哭泣
人间的一切珍宝
都不能和你相比

奈何人生太短
而思念太长

你不是他

我收起了小提琴
奏不出动人的曲子

你不是
我梦中见过的那个人

那个眼神
那种声音
一瞬间就把人紧紧抓住
就连春天，也都黯然失色

就像星辰一般
遥远而光明

淡淡的喜欢

我喜欢

浅浅的颜色

淡淡的欢乐

我喜欢

天空和湖泊

自由的云彩、花朵

真诚的、善良的心灵

我喜欢星空

和你眼睛清澈的颜色

人群之中，一眼就看见了

在你内心，最珍贵的

就算我，什么也没有说

思　念

今夜，没有月光
而月亮在我的心中
依然明亮

朋友啊，生命中最重要的东西
不是用双眼，而是用心才能看见

我无比沉默且无比深爱，这世界
还有你，也许你并不知晓

在我的眼中
你的灵魂比容颜更美
时光亦为你停驻

初恋的记忆

那时，我们还没长大
你坐在我的前面
喜欢为一些小事和我争吵
和你说话，有一种奇怪的感觉

当你离开的时候
我才知道为什么

谢谢你回来找我
那是我此生最欢喜的时刻

一眨眼，半生已过
虽然你有了白发，身材变样
在我的心里，却没有改变

你还是那个孩子
眼睛漂亮，闪着光
我们，在彼此身旁
永远都是少年

想　念

像风在山谷之中
呼啸，长鸣不已

那是我
心里的声音

如果没有相遇
也许，没有烦恼
但也失去了欢喜

爱情 （组诗）

一

失眠就是
很想睡
但又睡不着

我好想紧紧抱你
想亲吻你

这念头一时之间
占据了我五分之四的思想
令我感到
超过四分之五的惭愧

爱情
让人失去自信

不停猜测你
仿佛你比新冠肺炎更可怕

无数次失眠后
我决定
找回自己

读书、写字、散步
和大自然在一起

仍去做一切喜欢的事
除了想你这件事

二

你究竟是真实存在
还是记忆之中虚构

在永恒的思念的国度
既是我的灵感源泉
也是人类难逃的痛苦

此心因你而碎裂
光明一旦失去
灵魂将从身体中逃逸

听不见，也看不清
来去之路

凝望四月

遥远的星辰
彼岸的花朵

比真实直接
比梦境朦胧

简单、平凡而温暖
我不再说出那个字
只是微笑
凝视、回忆与守望

我想起许多美好的事
一切都还不晚

无　题

一朵花，有花的样子
一株草，有草的样子

大雁的翅膀坚韧
夜莺的歌声美妙

不想成为别人
不悔所爱之深

人世间最好的
只是一颗单纯的心

树　木

树木是安静的
不说话，默默带来绿荫
和可以呼吸的氧气

她像一棵树木那样
对痛苦沉默
而将绿叶尽情舒展

曾有花开的时刻
而时间太久
记忆全都模糊了
只记得他从树下经过

第二编

永远为你歌唱

祖国 爱之源泉

蚕会吐她的丝
蜜蜂会酿她的蜜
我会为我热爱的祖国
为可爱的生活
而留下文字的歌

青　鸟

青鸟不会羡慕

骏马奔驰草原

青鸟不会羡慕

大鱼潜游深海

青鸟有属于自己的

自由与轻盈的翅膀

越过山海

用纯粹的歌声

传达人间的一切美好

我的祖国

我愿意做那只幸福的青鸟

永远为你歌唱

爱

我不知道
为什么会喜欢写作
就像树木
总是会
结她的果子

我不知道
为什么我的内心时常感动
就像河流
总是会
泛着她的波浪

我不知道
为什么对你难以忘记
就像候鸟
总是会
回到最初的地方

我不知道

是你的文化

早已，深深地

嵌入了我的身体

我的祖国

当我站在你的土地

我知道了，何为：热爱

献给祖国

欢喜着

因为内心的月光明亮皎洁

欢喜着

因为祖国的山河大地如此美丽

欢喜着

挥洒青春与汗水

只要是为了祖国

我们心甘情愿

中国

如新一轮的朝阳

冉冉升起

新的时代，新的征程

东方既白，逐梦前行

当我老了

我想要，睡到自然醒

慢慢喝完一壶茶

陪孩子打闹、嬉戏

还能吃一桌子好吃的菜

我想要，狠狠读喜欢的书

在温柔的夕阳下跑步

再吟唱一首老歌

浪是海的赤子，海是浪的依托

写在国庆前夕

我舍不得睡去
在这个
秋天的夜晚
随意地
再拾起一片诗歌的叶子
以装点你温柔的夜

历史不遥远
无数的流血牺牲
换来和平与欢乐
那些记忆
还深深地刻在我们的骨头里
一代又一代传承，不曾磨灭
有一种颜色、一种信仰、一种信念

想起来
仍然会忍不住流泪
我爱你，中国
是亿万儿女，心中的歌

美　德

美德之中的美德

善良、正直、勤奋、淡泊

凡一切植物

需根植于土壤

灯

每个人都是一盏灯
点亮自己，亦可照亮别人
都有孤单，各自的悲伤
不可忘记，彼此的温暖
互相去点亮

在你们
最清澈的眼神里
会有未来的方向

是对祖国和亲人
深深的爱
让你坚定地逆光而行
每一个
平凡生活的英雄
愿明亮的灯
照亮你们，归家的路程

致逝去的英雄

人生短暂，光阴可数
人们为你的美好，愈加叹息
然而，我知道
如所有的萤火、星光
青叶或朝露
你开启了另一段旅程

当有人
转身离开
是提醒我们
尘世间的美好，当更加珍惜

致这个特殊的春节

浮生有诗
浮生有你们

有内心的光
和温和坚定的眼神

哪怕历经苦难悲伤
以及疾病和考验

我们内心坚定
亦心平如镜

陷入夜色的一刻

有多少白昼

就有多少黑夜

水波之下

沙砾丛生

最近有些事

让我对人性感到失望

而失望过后

依然要怀抱着希望

相信明天太阳照常升起

阳光终会驱散阴霾

命运会让人们彼此联结

智慧会让人们了解真相

循环不止的生命
是否能让我们记住
陷入夜色的一刻

也　许

也许

世界上总是有暴雨

有冰雹、有黑夜

有泥沙俱下的时候

也许

天使们也会流泪

苦难过后

我看见的是一束又一束的光

微风吹过内心那一片

清澈的湖泊

我们是不是

应该让世界变得更加美好

人间真情在
——献给赴武汉志愿者

人生路漫漫
人生也苦短
她来到你的身旁
生活平凡而温暖

当灾难忽然袭来
你逆风远航
用爱点亮心中的灯
照亮了无数的人
人间有爱，真情常在
唯有用爱去点亮
去守护万家的平安

人间有爱，真情常在
唯有无悔的付出
才有大美的未来

期待阳光来临

我很想得到一个拥抱
一个微笑、一点爱
就像山间的风一样

一切都是短暂的
同时亦真实地存在着
永远存在着

在 2020 年的 2 月
我比以往的日子
更期待阳光来临

在时间的碎片里

在时间的碎片里
闪烁着许多微小的光明

时间，她变得安静

有时候，因为太忙碌
人们会忘记
最珍贵的东西

其实我们
拥有很多很多财富
比如
一个明朗又无私的微笑
一份同情与关爱
或一句发自真心的话语

世界也会回馈给我们
更多的美好
连接他人的力量
和更纯净的心

青　春

我的朋友
在人类智慧的苍穹
你要做
独立而自由的主人

而在平凡
而又不凡的生活中
你要当
勤劳而谦逊的学生

梦　想

所谓梦想

就是那些

就算没有鲜花和掌声

可能充满荆棘和泪水

甚至枪炮、黑夜

还能让你坚持的东西

我相信真正的快乐

源于内心的光明

不要抗拒平凡

平凡但是接近幸福

不要抗拒黑夜

在夜里也一样安宁

不要抗拒衰老

而保持思想年轻

就像热爱真理
一样永远热爱生命

第三编

遇见你的笑容

致母亲（组诗）

一

母亲，是世上最温暖的词语
所有美好的词语
都不足以形容
母亲，您年轻时是美的
年老时也一样的美

母亲，您做的一手好菜
那就是家的味道
您铺的床有阳光，又柔又暖

母亲，真想把最好的都给您
就像小的时候，您对我一样

二

母亲
在我的心中

您是神祇一般的存在
终生让我感到
无条件的被爱

母亲
今天我想您了
想念您的歌声
想念您的饭菜
甚至想念您的碎碎念

母亲，在我的内心
您始终是最美的

我愿付出一切
让您微笑
如三月的晨光
温暖如初

祝您幸福，祝您健康
永远爱您，青鸟敬书

别　离

两天的小聚，马上又要离开了
想起父亲的碎碎念
所有的话只是因为怕我辛苦
忍不住又红了眼睛
聚少离多的日子里
我们对父母亲
太多亏欠

天真的爱人

回到自由的、天真的我

继续，为你写诗

地板也打扫得闪闪发亮

窗台种上紫苏、薄荷与小南瓜

书架的书从各个角落归队

等你回家时惊叹

爱人，想到你

天空也软绵绵的

孩 子

孩子
只要一分别就哭泣
也许是因为
还无法理解分离

人生，就像月升日落
四季更替
相聚之后，终须别离

亲爱的孩子
无论阳光明媚
或沉沉夜晚
在一起的时光里
我们要加倍珍惜

致女儿

10 年了，时光如同流水

还记得你出生的那一日

天上下着小雨

记得你送我整盒的糖果

笑容好像一朵，盛开的向日葵

喜羊羊陪你看了几十遍吧

还有小马宝莉

你总是怪我没有陪你

亲爱的，我的孩子

这首诗送给你

让我慢慢地，读给你听，我不应该

在你生病时才温柔对你

这世上的一切珍宝

自然是，无法和你相比

好好睡吧，妈妈在这里

这是母亲的，一首摇篮曲

致友人

我想写一本书
写我见过的人
想过的事情
写那些碧绿的杉树
安静泛着波光的湖
和那些明朗的笑容
我想不到
比这更美好的事了
朋友，请允许我
将所有真诚的喜爱与思念
写在四月的扉页里
记在人生的诗册中

致银河

我们都是宇宙中的微尘
是孤独的，也是完整的
我们用自己的双眼看世界
用双手拥抱生活
晚安，我的朋友
一千个、一万个
天上的、地上的
——银河

致姐妹

我的姐妹

她的眼睛沾满了露水

生命不断受伤，又不断复苏

新的日月，又有新的觉醒

在此之前她遗忘了黎明

树荫，花朵

河流，海洋

拥抱，一个吻

遗忘了黑暗

以及

无边无际的春天

无边无际的命运

无边无际的时间

帆　帆

美得仿佛是一首诗
跑步的时候
像是希腊女神一般

说实话
有这样的朋友
自我反省
身材容貌，有点抱歉
懒得再拯救

幸而女神也很文艺
看在诗歌的面子上
肯定我的种种优点
虽然其中一些，连我也不清楚

好学又善良的帆帆
祝福你一切美满

谨以此诗
赠予好友，冬日留念

致常芳

今天
白天工作
而夜晚读诗
我为周末的诗会
想破头

选择不能太晦涩
又不能太肤浅
你看吧，只要有了欲求
人就少了一半快乐

慢慢喝一杯茶
品淡淡的香
只有回到了审美的境界
才是最好的境界

我应该写一首诗给常芳
假装是一位真正的诗人一样
点缀她艺术的橱窗

轻柔的风

四月
在甜美的梦中醒来
光着脚，踩上金色的沙滩
欢呼，如银色的浪花

心灵像孩子飞奔
又像自由精灵

在我的身边
是多么可爱的朋友
她像大地，而他像星辰

深邃天空，无边海浪，轻柔的风

你的笑容

你的笑容，在我梦里
那一刻偶然相遇
你就像五月的阳光，那么明亮

像碧绿的杉树轻轻舒展了枝叶
映照在粼粼的波光之上

温柔的，阳光的，可爱的人呵
万物皆如你

致阳光

遗忘了伤痛

记住了阳光

四季轮回不息

朋友呵

爱是唯一的答案

列　车

我有一个女朋友

日常调度那飞速运转的火车

因为这个缘故

再看到那些列车的时候

内心会多了一些

耐心与温柔

这是我们认识世界的方式之一

每个人是一扇窗口

每个人也是一本书

谁不想，在人生的旅程里

寻觅同行的朋友

如果，踏上同一列列车

是否，分享彼此的故事与感受

致女诗人

我读到你的诗，似曾相识
像一杯淡茶，与一杯更浓的
不一样，又有类似的香味

我不希望如同你敏感
却喜爱你的孩子气

岁月里，你定格在了年轻的模样
而我愿意慢慢地老去
坚守平凡，写一些宁静与欢喜

一朵花的约会

去掉层层装饰
做自己，是最美好的

生命里
我总是毫不掩饰喜爱
亦无法掩饰厌恶

幸而生活里，美好的总是大多数
黑白照片，真实的挺好

今日的雨是过于喧闹了
请允许我暂时离开一会儿
去那山间，赴一朵花的约会

晚安，朋友

愿你拥有整夜安稳的睡眠

我的朋友

愿柔和的月光、儿时的梦伴你入眠

世间所有的一切，都不会打扰

此刻，且安静自由地休息

我知道你的辛劳，人生不易

别忘记了爱自己

致好友 QQ

越过所有的虚无、烦恼和欲望
洗涤心灵的喧闹与疲惫
安静地，沉入深深的睡眠
就是最好的报答

每一日都是新生
亲爱的，愿你能越过山谷
拥有信仰、梦想以及尘世的幸福

回　家

某一天
我必将回到你
温柔而清澈的河流

语言停止了
只有，宁静
我像是一棵树
一点点风与鸟鸣

夏 夜

这个夏夜
我忘带钥匙
在楼下的商店
将时装试了个遍

青春的尾巴
依然明媚且美好
粉色、蓝色和其他颜色
任一种都很适合

我等待的人
他还没有回来
有一点点忐忑
静静等待着

毫不意外的熟悉

毫不意外的熟悉
平淡而又温热的日子

在枷锁之中才思考自由
从心而念及付出之意义

一瞬间
神游太虚
而又回到此时此地

皆因有你
一念痴心

一　日

今日又写了三千字
想到可做的有意义之事
既辛苦又甜蜜

今日与家人闲聊
谈及老后择一校园居住
宁静而不孤寂，甚好

今日傍晚散步
见池塘中无数鱼儿游动
急忙忙想告诉父亲
却终不忍心垂钓

一日时光短暂
但得光明可矣
一生莫不如是

写给母亲的信

我见到一处好房子

离公园不远，绿树成荫

有画一般的风景

有朝南的窗户和凉爽的风

我多希望你能生活在这里

在阳台上，喝着下午茶

当我在客厅看书时

抬头就能看到你

就像你陪伴了我的整个童年

我多愿意陪伴着你慢慢老去

写给母亲的诗

母亲
你完全配得上最珍贵的珠宝
然而你朴素，只用手轻拂过
春天里的那朵玫瑰

三月的雨水滋润大地
万物亦不及你的美丽
智慧与慈悲

幸　福

人生里
什么东西最为珍贵
当我牵着妈妈的手散步
我感到幸福
当我看见孩子的一点成长
我感到幸福

当我发现一朵花儿的美丽
毫无私心去做一件事
比如赞美、培养以及创作
当我内心宁静
与身边的人、与自然连接
我感到幸福

其实，不必苦苦寻找
人生中最为珍贵的东西
因为我们每个人都拥有

不用双眼去看到
不以言辞来形容

礼　物

思念是一件礼物
打包寄给你
加上红的枫叶、绿的薄荷
把书签，轻轻放在书里

语言是一件礼物
一些关心、一些欢喜
一些重要的或多余的话语
说给你听
独独地，忘了自己

人生也是礼物
遇见你的笑容

朋　友

世上有些人
不必相见，亦很熟悉
如果文字能永恒
我想越过几个世纪
与君相谈甚欢
或者，无语默契

第四编

生活就是一首长诗

生活就是一首长诗

我希望永远像孩子一样热爱

一只飞鸟、一朵花和一株小草

沉浸在喜怒哀乐之中

就这样真诚、真挚、真实地活着

生活就是一首长诗

致辛波斯卡

我偏爱灵魂的颜色

胜过精致的容貌

偏爱书的沉静

胜过聚会的喧闹

我偏爱自然的花草树木

胜过人工雕琢的珠宝

偏爱一切看似平凡的真理

偏爱诚实的人

我偏爱我的偏爱

以文字记录下所见的一切

因在遥远的将来

一切皆会，烟消云散

存在不过是，一种偶然

在短暂的光阴之中

留下属于自己的印记

然后归于永恒的沉寂

我偏爱留下这样的句子
真正的快乐，源于内心的光明

我喜欢

我喜欢很多的书
还喜欢一些轻音乐

我喜欢玫瑰开在枝头、荷花开在水中
喜欢安静一会儿，品淡淡的茶香

我喜欢三千大千世界
和你微笑的模样

生活的诗意

生活的诗意
在一个轻柔的眼神
在一句隽永的话语

在白云，在清风，也在绿草
在微笑，在哭泣，也在沉思
在你我的生命

凝结了痛苦的欢乐
融化了复杂的单纯
诗意的生活
回归了朴素与安静
只有抬起头
才看见星星

关于诗的想象

诗是意象

而非逻辑之美

像灵魂的颤动

想象力如瓷片、飞絮、雪花

一开口就碎了、飞了、融化了

一首诗，它不像某一朵具体的花

而是一朵花折射的，整个世界

致世界诗歌日

拥有诗歌的人

内心不会贫乏

它充满了想象、美好、新奇

丰盈如同这个世界本身

当我写下一行美丽的文字

仿佛创造了新的生命

春夏秋冬，时光久远

纵横交错，万物繁荣

数不尽欢欣

读　诗

读诗的时候

我仿佛回到了自己

最初的时候

连接一切，也理解了一切

我和自己在一起

和所有的人

和天上的星星

在一起

而你呢

读一首诗
微笑如阳光，洒满碧草的山坡
我找到了我
而你呢

想写的诗

我想写的

是这样的诗

用最简单、最朴素的文字

也许世界上总是有暴雨、冰雹、黑夜

有泥沙俱下的时候

但是，我看见的是

一束又一束的光

微风吹过，清澈的湖泊

孩子们，都在微笑

我们是不是，应该让世界

变得更加美好

冬 至

过于思念
会感到痛苦
不如欢喜
在内心保留着
最纯真的期待吧
在冰雪消融的一刻
我是你的
春天的花朵

心中的诗句

心中的诗句，永不腐朽

于有限的生命中

书写无限的意义

光明、美好及永恒

不远的地方

有山林河谷

有皓月星空

有孩子纯真的心灵

和明亮清澈的双眸

二月的晚安诗 （组诗）

一

平静的生活
清晨和夜晚都有诗意

并非不了解苦痛
我知道，人间的悲伤无穷无尽

然而，当我看见一朵小花
她在雨中仍努力微笑

难道我们就连一朵小花
一株小草，都不如吗
更别说那些红棉、松树和柏树

这世间有太多的美好
有太多人值得去守护
如果你曾经得到一个无私的微笑

或温暖的拥抱
请永远不要遗忘光明与美好

二

夜晚，读一首诗就像
品一杯茶，有热气和淡淡的香

枝头的那一朵
蔷薇花
像青春，在记忆里面仍缓缓开着

我的笔，已不属于我
我的心，有一刻也离开了

在这宁静的夜晚
三千个不同的梦境里
邂逅最美的，那一朵

三

很想在你的身边
为你读一首晚安的诗

文字是我与世界连接的方式
对你的爱也是
人们称呼你的名字各有不同
就像是
真理、爱以及永恒

生 命

也许此生
我永远无法得到
金色的苹果

为爱，赤裸双足穿过沙漠
追寻那遥远的风

而你是封印，是过往
是未来，也是光明

在不久之后
我即将死去
会变成种子
长成金色的苹果树
印在你的记忆里
永远，永远不会老去

致红棉

像一朵花，想念另一朵花
我的朋友，美貌只是你的外表

温和的气质，光明的内心
从不屈服的坚定
才是你骨子里的美好

青山也会羡慕你
羡慕你的活力
明月也会映照你
映照你的深情

一袭红装
远胜那幽兰桃李

你那么美
春风也为你倾倒

第五编

感觉到时光的流动

我感觉到时光的流动

我感觉到时光的流动
光与风

一片硕大的绿叶
舒展着
影子伸长了手臂
抚摸花间的露珠

万物变化，衡量时间
又一阵风
融化了我，在丛林之中

禅意和雨

如果有一日，你不想索取
你会感到宁静
如果有一日，你理解了生命
你会感到快乐

夏天的雨
经过时淋湿了我

驻足一刻
恍若美丽的邂逅
在亿万朵花之中

觉 察

这午后的时光
多么安宁静谧
阳光透过树荫
画出了斑驳的光影

忽然之间呵
我觉察了人生的秘密

一切都是好的
一切不完美，都是完美的修行

宁静即美好

宁静即美好

非常宁静

非常美好

花在芬芳

树在生长

每一棵小草都充满了生命力

我的心和自然在一起

不期待，不言语

简单，且欢喜

我热爱宁静的每一天

我热爱宁静的每一天
从不无聊

我看见一片湖泊
两只大雁掠过水面
看见路边的杉树、木棉和柳树
无数片的叶子在阳光下闪耀

读书，散步，吃简单的饭菜
凡所取的，尽量不超过需要

在一天之中，做三件好事
然后，就带着微笑去睡觉

骄　傲

你有你的骄傲

我有我的恬淡

你有你的富有

我有我的简单

万千世界只是一粒沙

一朵花里有亿万光年

渴　望

我渴望见你一面
然而我知道
相聚之后亦是别离

我渴望好好休息
但是我害怕
空虚让人生失去意义

当你在想念那朵花的时候
那朵花
已然不是树上的那一朵
而是绽放在你的心里

写给自己

闭上双眼的时候

我看到了整个星空

由此感受到

真正的美好

一切不超过内心

你不知道，也许我来处静寂

习惯宁静，此生却烦恼痴情

且大声欢笑吧

如同孩子一般

喜怒哀乐

人生总是美好

时　间

我害怕时间流逝
梦想来不及实现

时间把我们的生活切成碎片
它如同洪流裹挟着
大部分的人，陷入无意识

时间
它是创伤膏，是节拍器
是希望，也是终点

时间是生命本身
你也许早已知晓
关于永恒的答案

窗　外

深深的夜幕与灯火
山岚与湖泊

年少时的你我
在自由地奔跑着
大笑，微笑
以及沉默

我们能否
再年轻一次呢

灯　光

我们习惯了灯光
明亮、安全

习惯了习惯
从此害怕，被月亮灼伤

不敢想象
如果没有灯光
生活将会怎样

藤

缠绕

不是孤独

也不是寂寞

积蓄的锐利

是怎样的一种空虚呵

昼与夜

褪脱的苍白

凋落成

最后的，半朵困惑

白　鸟

摇摆

扑腾

坠落

倾撒漫天的白羽

最后的告别仪式

毕生的轨迹

铭刻于无垠的天幕

为它生，为它死

坠落

白色的鸟儿

衔着最后一支翼羽

余晖中，半颗泪水

我，替你签收

蝴　蝶

蜕变
期待而绝望的痛苦里
有超越虚幻的纯真

在无语凝噎的刹那
暗夜深处的音乐
沐浴着星光的舞蹈
寂寞如行云流水
幻化为斑斓的双眼
蝴蝶

茫然离别时

莫名悲伤
人世间
分离是不可避免的

离别时
内心平和安宁

在这一世的记忆中
保存着最好的部分
我知道：死亡是生命的一部分

一个人，所爱的一切
只是更换了一种方式
在不同的维度中
重新"活着"
宇宙茫茫，思想不会消失

有时的感觉

有时欢喜

有时悲伤

有时有智慧

有时又迷惘

每个人的人生呵，也许都一样

有时热闹

有时孤单

有时充满了光明

有时又落入黑夜

每个人的人生呵，也许都一样

某一天，注定要离去

而每一天睁开眼睛

又是一个新的世界

生活悲欣交集，只有内心宁静

才能看到自己与他人，还有这个世界

泥土、微风、花朵

我们都一样

我愿意

我愿意拿起笔
记录下我见到的真实与美丽
写下即永恒

亿万星辰，流光闪烁
愿我们都能找到属于自己生命的
那一颗恒星

在短暂的人生中
那就是你真正热爱的
所谓人生意义

自　述

一个写诗的人
徐徐，且安宁

做自己喜欢的事情
爱自己所爱的人

数一数浮云聚散
山水光阴

这短暂的人生呵
美好而光明

莲

六月，正是赏莲的时候

水波中

映着白色和粉色的花朵

清凉的荷叶与柔嫩的莲蓬

世界如同莲池

在一池碧水中，曾经分不清

哪一朵是你

哪一朵是我

再见之时，微风拂过

群 山

在人类之前，在人类之后
山，一直安静地伫立在那里
他仰望日月星辰
又感觉自身是渺小的

雨　天

独自，泡一壶茶

享受片刻宁静，胜过万千繁华

九月的山间，可有红枫叶

雨落屋檐

江面，开了一亿朵水晶花

我的选择

选择，更简单一些
珍惜平凡
种下善良的种子
感受，生命之中的厚重
与轻柔

那是一条
绿意盎然的安宁的小径
也同样，通向永恒

生命与记忆

生命，是一种能量
能把握的，是活着的时间
生命的本身更为辽阔

时间会慢慢变成记忆
无论幸福或者痛苦
只取决于你自己的感受
以及你看待世界的方式

我选择记忆那些美好的时光
充满温暖、宁静与爱
像四月的柔风、五月的花朵
以及朋友们的微笑

一 二

不要将过去抹去
因为希望
每一天都是新的

昨天的我不是今天的我
明天的我也不是
每一季的花儿如期绽放
而每一朵花，只开一次

人生不如意，十之八九
不思八九，常思一二

关于生活
最聪明的人也会词不达意
应该懂得：慈悲即快乐

偶　遇

遇见未知的小花朵

生命中的平凡无奇，往往蕴含哲理

现实与理想主义，如何选择

认识这世界，成为你自己

希 望

每个人内心
都有一颗绿色的种子
名叫希望

每个人内心
都有一颗小小的星星
付出爱的时候
那颗星星会闪光

星　空

星空，虽然有时看不见
但是，始终存在
人间的爱，也一样

永　恒

思想在星空，行走于大地

感受平凡的幸福

怀着深切的悲悯

诗与文字，是永恒的方式

第六编

关于生活的思考

美

人们追求美，同时对美的理解又不同
纯粹之美是超越历史和现实的
这也是辩证的观点

也许美本身无价值，而追寻美
丰富了人类精神生活的边界

无限的意义

世间有一类人，他们像是形态各异的灯火，点亮自己的同时，亦温暖他人。他们从万事万物中寻求真理，在有限的生命里，活出了无限的意义。

但愿我们也能够，将生命活成小小的灯盏，克服自身的迷障，传承古今智者留下的智慧与微光。

简单的快乐

什么能让我感到愉快
像大自然，优美的文字与音乐
纯净的心灵
人们的笑容，轻柔的风
以及宁静的星空

活　着

人生实苦。

有朋友问我：何故沉浸在诗、书、茶的精神世界中？可能是因为我曾经经历过生死吧。

无论功名富贵或花容月貌，与生命相比实在是不值一提。临到那一刻，其实人只会后悔：没有去做想做的事，或去爱所爱的人。经历过的种种误解或者委屈统统都忘了。

应该快乐啊！活着就是礼物。宁要天真的快乐，不要深刻的悲伤。

愿珍惜生命中的每一天，真诚地热爱一切美好的人与物，并且发自内心地慈悲。

回家　印象

坐上了绿皮老火车，感觉人的思绪也随着车在轰隆隆地往前。隔壁床的大妈问我：你这是出去旅游呢，还是回家呢？我转头轻轻答道：回家。

不知道其他人是不是也和我一样，年轻的时候很想要走出去看看，随着年龄的增长，又常常记着父母年老，想到回家。年少时痴心去爱，遍体鳞伤，不记得是否也曾不小心伤害了别人。人生过往种种就像很多五颜六色的丝线缠绕在一起。啊！原来生活就是一团毛线球啊！

话虽如此，我还是深深爱着这样的生活。

完　美

接受人生中存在不完美
就可以感受到完美的人生
幸福是什么
有时候，超越苦难，就是幸福

写 作

有时

我们会以文字记录感知

仿佛让时光凝聚在某个时刻

而更多的时候

时间如光影从身旁掠过

在不经意间改变我们

生命如车旅

我与你，都是乘客

幸　福

幸福应如何定义

我觉得幸福是内心的温暖宁静

是快乐与意义之和

无论外面是阳光明媚，或者阴雨连绵

都有能力感受生活中的点滴快乐

快　乐

快乐就是
像孩子一样对世界保持好奇心
并且充满热爱
哪怕到了 100 岁

活着一日，感恩一日
祝万物欣悦，世人平安

烦　恼

有人问我：程老师，怎样解除烦恼？

首先，烦恼是正常的，如天空有云，月有阴晴圆缺。

其次，查找并解决问题。如果太累了就休息，如果无聊就读书或者跑步，如果孤独就找志同道合的朋友聊天，如果感觉人生无意义，就去努力工作或者帮助他人。

最后，还是要学点哲学。这样可以有比较阳光的心态，比较客观的眼光，以及比较平和的心情。

简单总结：认识自己，也理解世界，

保持心地光明，有梦想，有爱心。

这样大约就会过得很快乐啦！

最后一点：我不是老师。我也有烦恼的时候。

我烦恼的时候就去读书或者吃好吃的！

所以，开心每一天，与朋友们互勉！

哲 学

俗话说：一把钥匙开一把锁。

哲学就像是人生的钥匙。最终，你要找到最适合你的钥匙，打开你人生的意义，同时找到一种真实的存在与快乐。

哲学家周国平老师的建议是：去做你喜欢的事，去和你喜欢的人在一起。也许人生本无意义，追寻的过程就是最大的意义。

对我个人而言，在不断的阅读和写作中，已找到了真实的宁静与快乐。当我去做些好像与自己无关而又力所能及的善事，帮助、支持或者鼓励他人的时候，似乎也总能感到一种人生的意义。当然，人生的虚无感和无力感总是会存在的。我想：只要内心有爱，就可以点亮人生的迷茫。

日神也好，酒神也罢。意义的名称并不重要。生命的本身就是宇宙的一部分。喜剧或悲剧，在于内心感受，如此，而已。

心　流

每个人与世界产生联结的方式可能不同

有些人用语言，有些人用文字，有些人用音乐

有些人则是摄影，或者绘画

我认为，无论何种形式

当你将注意力放在多彩的自然界，产生联结的时刻

获得的宁静与喜悦，是最为接近生命本质的

所谓的天人合一，与自然完全契合

而生出内心持久的力量，与淡淡的喜悦

阅 读

每当我的人生遇到困难的时候
是书籍成为点亮我内心的明灯
希望每个人，都能通过阅读
找到自己内心的光明
到达梦想，谓之远方

静夜随笔

内心没有私意，自然平淡安宁。

我想：如果内心足够丰富，对外界的需要也就不那么多了。能够生活在一个这么好的时代，享受和平、自由与发展，只要身心健康，还有什么事情，值得我们无由陷入烦恼之中呢？

去掉心中多余的欲望，人就得到了平静。只要专注去做那些自己擅长的，以及被他人需要的工作，人就找到了意义。

感恩一切美好。清风明月，碧海蓝天。

夜晚来临，在忙碌一天之后，给自己一点时间，比如读一本新书，然后哈哈大笑。

我喜欢像冯唐那样，像庆山那样，渐渐活成自己想要的样子，那样嬉笑怒骂皆成文章。找到自己，然后，真正活着。

我喜欢看广州国际金融中心，更喜欢推动老旧小区微改造。我喜欢长得好看的人，更喜欢内心温暖的灵魂。

我喜欢：发呆喝茶读书写诗做梦。

在星空之下、大地之上，在茫茫时空中的短暂生命里存在。写下，即永恒。